橘川まもる句集

風　景

東奥日報社

目次

期

平成十四年――十六年

七十八句

順待ちのしんがり影濃し年新た

キリストのごとし鮟鱇横たはる

食めば硬し汝がやはり肌の寒海鼠

凧の空鉄火の匂ひを撒き散らす

雪山中酸ケ湯雪べら血いろなり

冬の夜の混浴もやつて喃語かな

いまさらの混浴狐がこんと鳴く
雪隠にびつしり寒気夜が明ける
大寒の獣の毛並みふさふさなり

鴨引くやあへてあえかな山羊の陰

大いなるいのち凝りや夜の辛夷

愛の無駄あらずや土筆寸づくし

テトラポッドの太ももも藹々夏来たり

大蟻の大声滾るしじまかな

喜雨一過駒がこつぜん糞《まり》したり

腹這へば干乾しのごとし夏座敷

甚兵衛の臍に遮二無二はたた神

夕焼けて二つ屁のでて腹軽し

ふるさとや蠅があたまを嗅ぎ回る

向日葵のうしろにぬっと男かな

石投げし空のがらんどう天高し

風ときに尾花に抱かれ絶え入りぬ
思ひ切りなまなましいぞ秋の蛇
冷え冷えと蜂の死骸の縞くろし

鰰《はら》採られ鮭は全き死体かな

生き生きと鯉がごちゃごちゃ鰯雲

銀杏散るひたすら不二の祭りかな

雪来るか荷札のわが名黒々と

咋の鱈阿の鱈腹ぞまるまると

木守り柿三つ四つ艶冶夜の帷

白鳥の二羽がすとんと浮きにけり

着ぶくれの誰彼怒涛の如きかな

着ぶくれの我は丸々いのちあり

春浅し牛蒡の長さ細長し

死にしふりしてゐる松や囲ひ解く

鶯餅きよとんとふたつ二個たりき

野遊びの誰彼あたまひよこひよこと

春愁の酌めば金ぴら喉からむ

梅雨冷えの蛸か平目か雲が這ふ

頭・顔・乳房・由なし青あらし

蟻と蟻・蟻と蟻・蟻・行き交ふや

一尺の鯰つくづく鯨なり

薔薇白し火葬の骨の白尽《づ》くし

肝に銘じて空蟬は死の如きかな

俎板と出刃置かれあり蟬しぐれ

大かぼちゃ鉈で一撃真つ二つ
手量りの海鞘は心臓ずつしりと
一匹の泥鰌ぞ懐かしたなごころ

老い牛の牛たるが鳴き大花野

水面や有為の団栗ちょぽんちょぽん

川涸れて怒《ぬ》石艶《つや》石ごろごろと

引き抜けば牛蒡完ぺきに長し

象の尻つぽも名残ぞ風の枯れ尾花

耳・目・鼻・口無し案山子山に雪

俺のあたまに親しくゐるよ冬の蠅

懇ろに貨車右カーブ雪が降る

手のひらの林檎盤石寒に入る

羆より羆のごとし寒立馬

庭鳥が飛んで落ちたり梅の花

臍の緒の起源たぐれば水温む

さう思ふ臍のあたりの朧かな

春の雨犬の食器に音の立つ

極楽を覗き見すれば亀の鳴く

くれなゐの真《まこと》を尽くし落ち椿

人の嘘地の嘘天のひばりかな

存分に生き晴らしけり月下美人

羅のたぷたぷ乳房ゆるることよ

天眼鏡蟻の大声ぢかに見ゆ

大蟻の顎ががくがく音を吐く

空蟬の落ちたる音色かも知れず

自立神経まさしく正しき雲の峰

わが前に自我あかあかと鶏頭花

毬栗の遺志か三つ粒吐かざりき

大胆に枯れし虎杖肉枯れず

棒稲架は軍《いくさ》のごとく立つてゐし

掻っ込めば死ぬほど噎せて走り蕎麦

穴まどひただ捨て縄の切れつぱし

罪の如し小春の薔薇《そうび》真っ赤か

嗜

平成十七年――十九年

九十二句

厄除けの貌たるなまこ初景色

まるまつてなまこ瞑想解かざりき

ずきんずきん痔痛の如し空凍《からし》ばれ

煮凝りの目ん玉ゆゆし雪地獄

よもぎ餅指でつつけば頑と有り

粛然とうぐひす餅の粉こぼる

白魚のお目めばかりのいのちかな

釈迦十大弟子の一匹地虫出づ

蕗の薹三つ四つ肝に目に沁みる

ゆつたりと呼吸《いき》して静思春の鯉

かたつむり肉《しし》むら少し露骨なり

溺れさうさうに亀の子泳ぎをり

猫もまた模糊のかたまり栗の花

行く春の蛸の頭はふにやふにやなり

見つめれば法体たるぞ白薔薇

大風の蓮の葉憤怒のごときかな

大の字の往生漂ふ昼寝ざめ

虫の夜の海が真つ黒にべもなし

湯上がりの陰拭きをれば雁渡る

立ちづめの案山子絶対なりしかな

木の実降る頑固な音は鋼いろ

菊人形夫待つ寝間の夜もあらむ

風を抱き日を抱き竦め花すすき

石榴熟れ美醜ただよふ夕まぐれ

時雨るるや小便小僧はやや反り身

枯れ葉とぶ恣意が女を帯びるとき

陶然となるなかまど赤し雪が降る

老少不定雪吊りに雪降りしきる

鯛焼きのついぞ売り切れたる日暮れ

烏兎匆々花舗かうかうと年の暮れ

金鋼石《ダイヤ》の指環外し忘れて去年今年

寒禽のちちつと鳴き飛び無二無三

身も声も鶴はしなやか離陸せり

極楽の蓮華はるけし雪しまく

天地無用小春組み合ふ浪ころし

掛け軸は達磨大師や海鼠食む

日脚伸ぶ天井の蠅われを見て

首伸して飛ぶは白鳥凍てゆるむ

雪よ春湯上がり女の濃きにほひ

きさらぎの鮫の濡れ目の艶冶かな

濡れ肌は耽美びかりや甘茶仏

寝釈迦めく残雪一体二体かな

顔かたちはるけき野仏すみれ草

掌にのせてこの石手ごろ仏生会

一枝がするどく折れをり百千鳥

一二三四五六なべてこぶしの芽

ぶよぶよの形ぜつたい蝌蚪の紐

蟇歩く鰐より少し艶冶なる

蟻一つうろちょろ閻魔の影の中

大仏は巨大の一個蟻歩く

大空や翔《た》たんと粒たる天道虫

念頭に氷菓崩るる響きかな

消火栓そこに真つ赤に雲の峰

台風が来るぞ鴉を誰か撃て

蟬の穴人差し指が食ひ入るや
動かねば実にふしぜん猫じやらし
烏瓜無理に引つ張る由もなし

爪紅きをんな立ち去る雁来紅

虫鳴くや閻魔ご機嫌ことのほか

林檎もぐ真日《まひ》を親しく鷲づかみ

雲がるいるい秋の鯰の髭そよぐ

鎌掲げ無我のかまきり脳死かも

蕎麦の花白は真白し手に負へぬ

ふらんすに干し柿贈らん梱包す
忘れ来し青春あかあかあか櫨もみぢ
鎌いたち命ゆつたりしてをれず

振り向けば那智の瀧立つ去年今年

緋も黒も直に鯉なる初景色

火も水も犀も新年いただけり

雪野行く空気に神霊感じ行く

鴨引くや忽とユダ来て陰りけり

わるい骨いい骨三寒四温かな

角を矯めて牛をねぢりぬ春の夢

わるい骨の繕ひ遅々と雪間草

春愁やいのちの修理詰めにきて

冬去りぬ日々これ寧《やす》し尾骶骨

黝《くろ》ぐろと黒の奥義の春鴉

来し方の剰余万朶のさくらかな

老春の花見や鴇噛み耽ける

雄大なものの象かな春の昼

下萌えて歯ブラシ上下左右せり

死にゐたり蝸牛二時間動かざり

難解や女体くづれに牡丹散る

水鉄砲閻魔に向けてわれ撃たれ

鬼やんまかの日閃光二発かな

誰がためぞ向日葵一本後ろ向き

木の実降るいきなり煩悩打ち込まれ

桜もみぢ肉体にまた且つ散りぬ
冷まじと思ふ一円落ちてゐたり
山は雪豆漬け少ししよつぱいぞ

津軽煎餅ぱりかり夜長二人なり

すぐそこの風がなよなよ神無月

交

平成二十年——二十一年

六十四句

柿食へば己が昭和史真つ赤なり

飢ゑ鮫が血を嗅ぐ息か虎落笛

初雪のとにかく真つ白嬉しいよ

完璧をつらぬく心棒雪吊りす

時雨るるやどつちが鰈また鮃

許されよ二股大根撫で洗ふ

バスを待つ股ぐら昏れたり鎌鼬

焼き芋熱し生死のはなし立ち消えし

何や彼や臍《ほぞ》に絡んで雪が降る

冬の真鯉水中にただ朦朧と
燎原の火なり地ふぶき穀潰し
不老長寿の酒が胃に滲む大雪解

ははの香り何より三つさくら餅

老春どち酔うて極楽花ふぶき

剝製の熊が咆えをり猫の恋

きのふ今日首の回りを蠅が飛ぶ
あな美しき壁の裸婦の絵緑立つ
嘘臭し色がまつ赤のちゆうりつぷ

眈々と蟻がいつぴき木をのぼる

頭蓋図の血筋まつ赤も夏景色

不死鳥といふあり大き虹が飛ぶ

五寸釘死したるごとしみみずの屍《し》

大揚げ羽いのちの馥り散らし舞ふ

指入れて一途に深し蟬の穴

昼寝覚め臍は確かに腹に在り
一隅にエロスの太鼓ねぶた笛
白桃の未婚の貫禄静かなり

蓮華いま咲かんと仏の如きかな

空蟬の目玉きよろきよろ風ばかり

雲も旅人枝豆食めば切りもなし

秋風の便器は限りなく白し
あかあかと鶏頭絶対松高し
限りなく大きくまんまる鬼灯よ

秋ふかき赤松に犬尿し去る

親のごとく風が親身の尾花原

謹んで真日ぞ落ちゆく大花野

ああ山河炬燵の中に触れし足

腹に一つ臍がぽかんと小春かな

脳枯るる日々や綿虫とぶばかり

弔ひやにんげん集ひ息白し
年暮るるドアの取つ手は一握り
万力に無ミリの隙間年の立つ

去年今年遠くへ行くべく山が見ゆ
一遍の死なり落ちたり鴨撃たれ
春浅き雨よちくちく刺し降るよ

春の夜を不老酒酌まん鯣噛む

立ち去れと閻魔が一喝春の夢

むべなるやからす艶冶な春のこゑ

赤・白・黄・愛は何いろチューリップ

脳検の輪切り写真やさくら冷え

金魚一匹馬穴の底の過客かな

飲み干してぐい飲み深し半夏生

太ももを撫でそよぐかな夏の草

八月やなぜにピーマン胴空《どがら》つぽ

黙祷一分鐘が鳴るなり蟬しぐれ

戦恐ろし毛虫もこもこ何処へぞ

黒揚げ羽刃音鋭く立ち去りぬ

突っ立って向日葵五本枯れ初めき
くろがねの秋は来にけり夜の風鈴
自律神経夕べ過敏の秋ざくら

冴え冴えと月ぞ案山子のへの字口
にんげんの温顔そつくり案山子殿
そのまんま死んでゐるなり兜虫

炬燵して横たふ腿も山河かな

畔

平成二十二年――二十三年

六十六句

去年今年自販機艶冶な「アリガトウ」

冬の鯉無能のごとし石のごとし

臍の緒のゆゑに塀あり雪しぐれ

ありありとただの雪山山積みに
命一握なまこががんと口きかず
葱、人参、ごぼう、鮮々なごり雪

春満月臍は裸体のほぼ中心
天空を行ったり来たり鞦韆《ふらここ》よ
地べた愉し男女夜陰のさくらかな

天空にのがれ雉《きぎす》は撃たれたり
さわらびの拳錚々たるばかり
万緑を支へかんぺき馬のしり

夏草やいのち諸とも斃れたし

幸不幸花瓶に普通の百合凛と

朝霧や透く日白濁毒のごとし

三途の川は甘露の水か葭切よ
痛烈に沢庵の金色ぐいっと冷酒《ひや》
昼酒の海鞘やあふるる海の藍

流れゆく素麺いのちの早さかな

薯・南瓜・下痢・塩遥か敗戦忌

後期者や忽と風鈴なまなまし

納豆のねばり無限や雲の峰

晴れ晴れと臍が確固の水着かな

空蟬の誇負か煌々おほ目だま

臍一つが腹の中心たりぞ秋

桐一葉沈着に落ち響きたる

ぼたぼたと栃の実落ちたり無欠なり

木の実落つ同じ音して栗転《まろ》ぶ

からす瓜引けばその他は愉快せり

夕風に忠実《まめ》に媚びるよ秋ざくら

秋は夜の猪口を吸ふとき口尖る

冷まじや脳活納豆掻きをれば

青森市新城山田　枯れ葉とぶ

この南瓜量感五きろ刃が立たず

鮭打たれぎやあと絶叫喉赤し

雁の棹仰ぎ見をれば屁の出でて

寝酒してしやつくりやまず稲つるみ

鮫のやうに群がる鯉や去年今年

新玉の臍ぞ確たる腹に見き

けんめいに只雪本降り肝火照る

モナリザはO脚美女かも寒牡丹

妙齢の華麗にくしゃみ三つかな

はだか木の根本寂寥犬去りぬ

葱、人参、大根あんのん寒明くる

寄せ引きつ雌《め》波の春の雄《お》波かな

白じろと便器潔白別かれ雪

道の辺の残雪泥どろ鴨帰る

一パック玉子が十個鳥雲に

弘前好き迷子ごこちに桜かな

地獄・極楽生きゐて空穂おぼろ月

にんげんが噛まず白魚呑み込めり

をちこちにつみとがさくらふぶきかな

閑古鳥地獄の釜の湯が沸けり

畦十字・十字が煩悩田水張る

竹の子を剝くや生き順死に順は
天命のペアを組み合ひさくらんぼ
傲然と吹かれゐるなり蛇の衣

大粒の雨や向日葵ぐったりと

沢山の用あり炎天死ぬ日なし

名月やいも・くり・だんご母は亡し

母の量感いま剝く桃の如きかな

一つ一つイブの胸乳や林檎もぐ

何の不満ありや鶏頭あかあかと

銃声や鴨は落ちたり沼死にき

道の辺ののろりのろくさ秋の蛇

牛蒡・ねぎ・長いも長し雪来るか

楽

平成二十四年——二十五年

六十句

鐘の音の芯の響きや去年今年

無理も楽し今を生きゐて温め酒

目を凝らしゐるやも梟雪闇ぞ

雪は降る雪は小股に降りふぶく
猛烈に雪やいのちよありがたう
乾鮭のかんかん硬し臓腑なし

着脹れて活火山背負ふ如きかな

秒針のただにせかせか日脚伸ぶ

青ざめて芯まで鬆入り崖氷柱

新城川たぷたぷのどか鴨帰る

帰白鳥白蛇のごとし首長し

現し世の便器純白春うらら

集まってみんな行きたり花の山

雉子鳴くや不意に赤紙来る日かも

馬うらら牛もうららの乳房かな

かたつむりゆつくり生き来今休む

釈迦堂やでで虫先に来てゐたり

今生のもつ煮炊きたて夏に入る

紅薔薇のふざけ咲きせり色黒し

正確に蜘蛛は巣網を組み張りぬ

心臓の手本のごとし夏満月

雪山のなだれのごとし蟬しぐれ

乳牛の乳房に小さき秋の風

向日葵も枯れたり太陽続くなり

平成本日ここに空蟬死にゐたり
単純に簡素に三つ四つ烏うり
夕風にゆるるが快楽秋ざくら

風重し重しと萩は揺れ渋る
慎重に一葉落ちきて地にねまる
明解にひまはり枯れたり茎一本

しぶしぶと晩秋落暉焦げ臭し

着ぶくれてバス待つ人間二列かな

肉体のままよ着ぶくれ座席なし

悴みて肉体遣り場なき日かな

終着駅さむざむ人たち人急ぐ

金色の数の子噛めば父母の如し

雲割れてぬつと壮美の初太陽

初春の夜明け真さらや八甲田

固く固く雪を握つて火傷せり

まだ逝けぬ地吹雪真つ当臍熱し
淡雪がさらつと一降り詐欺の如し
雪吊りの松ぞ悠々自適かな

麗しき意志のしろがねこぶしの芽
百千の玉繭なれやねこやなぎ
禿げ山のけふは空あり鳥雲に

一人づつみなが現存花の山

「詩人死して舞台は閉じぬ」修司の忌

毒入りの美酒注ぐ磁器かチューリップ

存分にかんから蹴りたし春の昼

伝統のかたちかんぺきところてん

平成なり蟻がたくさん巣に潜る

「墓石を格安売ります」蟬丸忌

昭和史の母の名燦然夏闌ける

この度の不始末不問ケシ白し

白ぼたん夜陰に艶冶手折るべし

肝いりの夕焼けたっぷり西の方

音白しあはれに白し遠花火

ここにこの不老のいづみ大花野

秋麗のお岩木真つ向三儀かな

天蓋や星とんで音矢の如し

あとがき

荒海や佐渡によこたふ天の河　松尾　芭蕉

「五月雨をあつめて早し最上川」など、芭蕉の句はいくつか知っている。いつごろ覚えたものか、定かではない。ときどき思い出しては口ずさみ、作句するときの手本的なものになっている。

俳句をはじめたのは、昭和二十七年ごろに寺山修司や京武久美氏らの俳句グループを知り、誘われるままに仲間入りとなり、俳句をはじめたものであった。それ以来、俳句との付き合いは今日に至っている。

「あざみ」「雪天」「黒艦隊」の同人としての務めをなしているが、これまでの句集としては「津軽山河考」「雪噴く樹」の二集。本句集「風景」は第三集目である。

収めた作品は「黒艦隊」から抄出した句ばかりである（第35号から106号まで）。

句集名を「風景」としたのは、四季折々の現実の風景も含まれるが、言葉をもって表現された風景でありたいという思いをめぐらして作句に務めたこころもちがあったからである。

これからの作句に当たってもそのような傾向がつづくものと思っている。

平成二十七年一月

橘川まもる

著者略歴

橘川まもる（きつかわ　まもる）

昭和九年青森市生まれ。本名橘川護。俳歴は昭和二十七年ごろ青森俳句会「暖鳥」に入会。三十一年度暖鳥賞受賞、同人となる。三十四年「あざみ」に入会、三十七年同人。三十九、四十三、四十八年の三回あざみ賞受賞。平成六、十三年にも暖鳥賞受賞。句集は「津軽山河考」「雪噴く樹」。

住所　〒〇三八―〇〇四二
青森市新城字山田五八七―二四九

東奥文芸叢書　俳句14

橘川まもる句集　風景

発行　二〇一五（平成二十七）年二月十日

著者　橘川まもる

発行者　塩越隆雄

発行所　株式会社　東奥日報社
〒030-0180　青森市第二問屋町3丁目1番89号
電話　017-739-1539（出版部）

印刷所　東奥印刷株式会社

ISBN－978－4－88561－181－0　C0092　￥1200E

東奥日報創刊125周年記念企画

東奥文芸叢書　俳句

加藤　憲曠　新谷ひろし
藤田　枕流　野沢しの武
草野　力丸　工藤　克巳
畑中とほる　吉田千嘉子
竹鼻瑠璃男　高橋　千恵
土井　三乙　徳才子青良
三ヶ森青雲　橘川まもる
福士　光生　田村　正義
吉田　敏夫　小野　寿子
浅利　康衛　木附沢麦青

（第一次配本20名、既刊は太字）

東奥文芸叢書刊行にあたって

青森県の短詩型文芸界は寺山修司、増田手古奈、成田千空をはじめ日本文学界をリードする数多くの優れた文人を輩出してきた。その流れを汲んで現代においても俳句の加藤憲曠、短歌の梅内美華子、福井緑、川柳の高田寄生木など全国レベルの作家が活躍し、その後を追うように、新進気鋭の作家が次々と現れている。

1888年（明治21年）に創刊した東奥日報社が125年の歴史の中で醸成してきた文化の土壌は、「サンデー東奥」（1929年刊）、「月刊東奥」（1939年刊）への投稿、寄稿、連載、続いて戦後まもなく開始した短歌・俳句・川柳の大会開催や「東奥歌壇」、「東奥俳壇」、「東奥柳壇」などを通じて、本州最北端という独特の風土を色濃くまとった個性豊かな文化を花開かせてきた。

二十一世紀に入り、社会情勢は大きく変貌した。景気低迷が長期化し、核家族化、高齢化がすすみ、さらには未曾有の災害を体験し、その復興も遅々として進まない状況にある。このように厳しい時代にあってこそ、人々が笑顔と元気を取り戻し、地域が再び蘇るためには「文化」の力が大きく寄与することは間違いない。

東奥日報社は、このたび創刊125周年事業として、青森県短詩型文芸の優れた作品を県内外に紹介し、文化遺産として後世に伝えるために、「東奥文芸叢書（短歌、俳句、川柳各30冊・全90冊）」を刊行することにした。「文化」の力は地域を豊かにし、世界へ通ずる。本県文芸のいっそうの興隆を願ってやまない。

平成二十六年一月

東奥日報社代表取締役社長　塩越　隆雄